Au bout de mes forces

Catalogage avant publication de Bibliothèque et Archives
nationales du Québec et Bibliothèque et Archives Canada

Mercier, Johanne

   Au bout de mes forces

   (Le trio rigolo ; 22)
   Pour les jeunes de 10 ans et plus.

   ISBN 978-2-89591-136-4

   I. Cantin, Reynald. II. Vachon, Hélène, 1947- . III. Rousseau, May, 1957- .
IV. Titre. V. Collection: Mercier, Johanne. Trio rigolo ; 22.

PS8576.E687A9 2012   jC843'.54   C2011-942199-2
PS9576.E687A9 2012

Tous droits réservés
Dépôts légaux: 1er trimestre 2012
Bibliothèque nationale du Québec
Bibliothèque nationale du Canada
ISBN 978-2-89591-136-4

© 2012 Les éditions FouLire inc.
4339, rue des Bécassines
Québec (Québec) G1G 1V5
CANADA
Téléphone: 418 628-4029
Sans frais depuis l'Amérique du Nord: 1 877 628-4029
Télécopie: 418 628-4801
info@foulire.com

Les éditions FouLire reconnaissent l'aide financière du gouvernement
du Canada par l'entremise du Programme d'aide au développement de
l'industrie de l'édition (PADIÉ) pour leurs activités d'édition.

Elles remercient la Société de développement des entreprises culturelles du
Québec (SODEC) pour son aide à l'édition et à la promotion.

Elles remercient également le Conseil des Arts du Canada de l'aide accordée
à leur programme de publication.

Gouvernement du Québec – Programme de crédit d'impôt pour l'édition de
livres – gestion SODEC.

IMPRIMÉ AU CANADA/PRINTED IN CANADA

Au bout de mes forces

AUTEURS ET PERSONNAGES :

JOHANNE MERCIER • *Laurence*
REYNALD CANTIN • *Yo*
HÉLÈNE VACHON • *Daphné*

ILLUSTRATRICE :

MAY ROUSSEAU

Le Trio rigolo

LAURENCE

«Et si les morts
commençaient
vraiment à nous
raconter leur vie?»

Incroyable!

Guillaume Gamache vient d'accepter l'invitation de Max! Sans réfléchir.
Il a même ajouté qu'il avait hâte de
vivre l'expérience. Qu'il en rêvait depuis
longtemps. Le pire, c'est que Geneviève
semble vouloir participer, elle aussi.
Comme si Max organisait une partie
de hockey-bottine dans la rue ou une
banale sortie au cinéma...

Max annonce que tout se passera
dans le sous-sol chez lui. Ses parents
partent pour la soirée et rentreront
très tard. Il précise que ce sera la pleine

lune. Guillaume fait «Wow!» Geneviève frissonne. Et même si je ne comprends pas trop ce que vient faire la pleine lune dans ce projet, je ne pose pas de question. J'aurais l'air de m'intéresser et ce n'est pas le cas.

Vraiment, vraiment pas.

Après avoir discuté et tout bien planifié, Max et Gamache se tournent vers Geneviève et moi. Ils nous regardent d'un air un peu bizarre, d'ailleurs.

– Quoi? je lance, la première.

– Vous venez, j'espère?

– Moi, j'y vais! annonce Geneviève.

– Cool!

– Mais juste si Laurence est là...

Misère! Je vais devoir fournir des tonnes d'explications. Inventer une raison. Prétexter une sortie, une fête, un mal de tête.

– Je ne peux pas, moi. Désolée.

– Hein ? s'étonne Gamache.

– Pourquoi ? demande Geneviève, déçue.

– J'ai… j'ai un…

Ils attendent la suite.

– Un… ?

– Un genre de party de famille.

Croyez-moi, ce n'est pas facile de trouver une raison de se défiler quand vos trois meilleurs amis vous fixent comme ça.

– C'est ma mère qui m'oblige…

Des yeux qui me scrutent. Des sourcils qui se froncent. Je ne m'en sortirai pas.

Autant dire la vérité.

– J'irai pas parce que ça me fait trop peur, ces histoires-là !

Et vlan !

– Peur ? sursaute Max.

– Peur de quoi ? veut savoir Gamache.

– Peur que ça tourne mal, peur des mauvaises surprises, peur que ce soit pas si drôle.

– Mais c'est certain que personne va rire ! rétorque Gamache. C'est pas une blague. C'est loin d'être un jeu, c'est…

– Une EXPÉRIENCE ! complète aussitôt Max.

– Ouais ! fait Gamache. On sait pas du tout ce qui nous attend ! C'est ça qui est intéressant !

– C'est ça qui est épeurant, tu veux dire ! On peut tellement faire des gaffes. Si au moins on était guidés…

– Guidés ? Voyons, Laurence…

– OUI, guidés par des gens qui l'ont déjà vécu… Des experts. Moi, ça me rassurerait, en tout cas.

Max lève les yeux au ciel.

– Laurence, pourquoi tu compliques toujours tout ?

– Je complique rien. J'aime pas l'idée de déranger les morts.

– Comment veux-+ dérange des morts ? s'impatient nache. Ils ont jamais rien d'autr)!

– De toute faç ..ɪéme si on les dérange un peu, il va leur rester assez de temps pour se reposer après…

Je ris.

Mais Geneviève était sérieuse.

Alors je précise, parce que j'ai l'impression d'être la seule personne terre-à-terre dans cette histoire ridicule de projet de séance de spiritisme amateur:

– Imaginez si l'esprit qu'on réveille veut se venger ensuite! Si c'est un esprit malin. S'il ne nous lâche plus. S'il décide de hanter nos maisons pour toujours, on est foutus.

– C'est vrai, ça... approuve Ge. Si c'est pas ce qu'il avait prévu faire samedi soir, lui? Non, j'y vais pas! C'est décidé!

Les deux gars ont l'air dépassés.

– Les esprits sont toujours contents qu'on les invite à un party paranormal, Laurence!

– Comme si tous les esprits pensaient pareil! Ça existe, des esprits tordus, Guillaume!

Et Max réplique aussitôt:

– Vous pouvez me faire confiance, les filles. Je sais que c'est sans danger parce que...

Il s'arrête, hésite un moment et finit par nous confier:

– Ma grand-mère est médium.

– Hein? s'étonne Gamache. Celle de Drummond qui te fait toujours du sucre à la crème?

– Ouin. Elle jase avec les morts n'importe quand. Paraît que j'ai des chances d'avoir hérité de ses dons.

– Tu serais médium? siffle Gamache, impressionné.

– Il va peut-être finir médium saignant.

Personne n'a entendu ma dernière phrase. Je n'insiste pas.

– Bon! C'est parfait! laisse tomber Geneviève. Si la parenté de Max est médium, y a pas de problème! On est en sécurité. Moi, j'y vais!

Quelle girouette!

– Même que je voudrais pas manquer ça! Ça va être quelque chose. Tu viens, toi aussi? Hein, Laurence?

– Non merci.

– Max est un petit-fils de médium, c'est rassurant, non?

– Vraiment pas.

Mais Geneviève, qui n'abandonne jamais, se penche vers moi et me glisse à l'oreille:

– Franchement, Laurence! Penses-tu que Max Beaulieu peut faire parler des esprits pour vrai? On va tellement rire...

Argument solide. Je n'ai jamais pu manquer une occasion de rigoler avec

Ge. Et puis, elle a raison. C'est ridicule de penser que Max pourrait du jour au lendemain se mettre à jaser de tout et de rien avec les morts. Geneviève et moi, dans ce genre de situation, on peut vraiment s'amuser...

Les gars me regardent. Ils attendent ma réponse. Je fais semblant de réfléchir encore un peu, pour la forme.

Et je finis par accepter.

– Yahouou! hurlent en chœur Max et Gamache.

Comme s'ils venaient de gagner un million.

Tellement bébés, les gars, des fois.

Pour l'ambiance, c'est nul. Le sous-sol des Beaulieu est dans l'obscurité. Flotte une odeur d'humidité et d'oignons rôtis. Si j'étais un esprit, je ne suis pas certaine que je viendrais faire un tour. D'ailleurs, pour dire la vérité, je me demande ce que je fais dans ce sous-sol surchauffé en ce moment.

J'ai un petit mal de cœur.

Max vient de déplier les pattes d'une vieille table ronde en métal. Il l'installe près de la salle de lavage. Je propose d'allumer des bougies. Max n'en trouve pas. Geneviève suggère de mettre une petite nappe. Gamache n'est pas d'accord. Max nous ordonne de nous asseoir. Guillaume ouvre le sac de chips. On cherche une quatrième chaise. Je prends le tabouret, mais il est trop bas.

Très, très mal organisée, jusqu'à maintenant, cette soirée.

Les gars sont cent fois plus sérieux que pendant un examen du Ministère.

Quand tout est prêt et qu'on est installés autour de la table, j'ai une brillante idée :

– On devrait prendre un verre !

Ils me regardent tous, l'air hébété.

– Prendre un verre ? répète Max. Un verre de quoi ?

À mon tour de soupirer.

– Un verre pour questionner l'esprit. On met des lettres autour de la table, on place le verre au centre et nos doigts sur le verre…

– Comprends rien.

– Oui ! approuve Ge, qui a sans doute vu le même documentaire que moi. C'est l'esprit qui va diriger le verre en direction des lettres pour nous donner ses réponses ! Ça donne la chair de poule, mais ça marche ! Va chercher un verre, Max ! Vite ! Ça va être génial.

– Non.

– Pourquoi ?

– C'est la table qui va répondre ! C'est ce qu'on a prévu.

Geneviève tient bon :

– Ce serait beaucoup plus drôle avec un verre et des lettres. On aurait des vraies réponses, au moins.

Et j'ajoute :

– La table peut seulement dire oui ou non. Ça risque de devenir ennuyant à la longue. Oui. Non. Oui. Non. C'est mortel comme conversation.

– C'est certain que jaser avec un mort, c'est mortel, rigole Gamache.

Mais il est le seul à rire.

Max n'est pas de bonne humeur.

– Vous voulez dire que si un esprit fait bouger la table dans tous les sens pour répondre à nos questions, vous allez vous ennuyer?

– Un tit peu.

– On ajoutera le verre si ça manque d'action, tranche Gamache, qui voit bien que Max est fâché. Ferme la lumière de la salle de lavage, Laurence. On commence.

– Arrête la sécheuse, aussi! ajoute Max.

N'empêche qu'on est énervés. Enfin, quand je dis «on», c'est surtout Geneviève et moi, et peut-être plus moi. Normal. Ce n'est pas tous les jours qu'on tente de communiquer avec des morts.

Et si ça marchait? Si on réussissait? Si les morts commençaient vraiment à nous raconter leur vie?

J'observe les trois autres.

Geneviève tourne sa couette. Gamache a presque vidé le gros sac de chips au ketchup par nervosité. Max ronge les ongles de ses deux pouces. À croire que tout le monde aurait préféré aller au cinéma et que personne ne veut l'avouer.

Il fait une chaleur torride dans le sous-sol, maintenant. Max nous demande de poser nos mains à plat sur la table et d'arrêter de manger des chips, de rire et de dire des niaiseries. Je préviens tout le monde que si les choses se mettent à mal tourner, je file chez moi.

– Laisse tes mains sur la table, Laurence !

J'ai beau me répéter qu'il ne se passera rien, que c'est complètement ridicule, que Max n'est pas plus médium qu'athlète olympique et que je suis ici pour m'amuser, j'ai quand même peur.

– Qui va poser les questions à l'esprit? demande Max.

– C'est toi, le petit-fils de médium! je m'empresse de lui répondre.

– OK. Je commence... Êtes-vous prêts?

Je manque d'air.

– Il fait chaud, hein?

– Peut-être que si tu enlevais ton manteau, Laurence?

– Ah... oui.

Inconsciemment, je pense que je voulais être prête à partir.

J'enlève mon manteau et mon foulard aussi. Et je m'installe.

– Laurence, concentre-toi! me lance Gamache.

– Je suis très concentrée!

23

– Pas sûr…

– Oui.

– CHUUUUUUUUT !

– Aaah ! On peut quand même parler !

– Non !

– Belle soirée !

– Chut !

Max ferme les yeux et commence à marmonner très lentement, d'une voix grave et beaucoup trop sérieuse…

– Es… prit… es… prit… es… priiit…

Il ne faut surtout pas que je regarde Geneviève. Je sais qu'elle a envie de rire autant que moi.

– Esprit… esprit… esprit… continue notre médium. Esprit… esprit… es-tu là ?

– Pfff...

Max ouvre les yeux.

– Laurence !

– Quoi encore ?

– Je t'ai entendue rire.

– Pas du tout ! Geneviève, est-ce que j'ai ri ?

– Non.

Max prend une profonde respiration. Ferme les yeux et recommence ses incantations :

– Esprit... esprit... espriiiit...

Il ne faut pas que je rie.

Il ne faut pas que je rie.

Il ne faut pas que je rie.

– Esprit... esprit... esprit... es-tu iciii ?

Penser à autre chose pour ne pas m'esclaffer. Quelque chose de vraiment triste... Un petit chien qui se fait frapper, mettons.

– Espriiiiiiiiit, es-tu iciiiiiii?

Rien ne bouge, évidemment. C'était à prévoir un peu. La table est toujours stable. La pire soirée mystique paranormale de toute ma vie. La première et la dernière. On ne peut même pas dire qu'on s'amuse!

Max, lui, n'abandonne pas. Il a toujours les yeux fermés. Il prend sa mission au sérieux.

– Esprit... espriiiiiiiiiit...

Dix minutes que ça dure!

– Espriiiiiiiiiiiiiiiiiiit eee!

Ge soupire. Gamache a vraiment l'air déçu lui aussi. Je me décide à parler la première.

– Bon. Je pense que c'est raté, Max ! Y a vraiment pas d'esprit ici.

Geneviève éclate de rire.

Et Max se fâche pour vrai.

– Les filles, vous êtes pas drôles !

– Gamache aussi était crampé !

Guillaume essaye de se défendre du mieux qu'il peut :

– Max, tu devrais peut-être dire autre chose que : esprit, esprit, esprit… je sais pas, pose-lui des questions !

Geneviève approuve. Max est offusqué.

– Essayez, si vous pensez être meilleurs que moi !

– Hé ! On va quand même pas se chicaner pour un esprit qui est même pas là ! fait Geneviève.

– Les esprits s'échauffent, en tout cas.

Tout le monde rit de mon jeu de mots. Sauf Max.

Je propose de poser les questions.

– Toi ? ironise Max. Jamais. Tu vas le faire fuir.

– Peut-être que ça prend une fille…

Geneviève allume.

– Ou peut-être que la maison doit être hantée !

– Justement ! Elle est hantée, répond Max. Ma grand-mère nous a toujours dit que c'était la maison d'un marin mort en mer.

– Un marin mort en mer… N'importe quoi !

– Fais attention à ce que tu dis, Laurence. Il est peut-être tout près... me prévient Max. Respecte-le...

– Je le respecte, ton marin mort en mer, mais c'est un peu ridicule. S'il est mort en mer, il est sûrement pas ici ! Il est encore en mer !

– Il va se fâcher, Laurence...

– Max, pourquoi un marin mort en mer déciderait de venir passer l'éternité chez vous ?

– Laurence a raison... renchérit Geneviève. Moi, si j'étais un esprit qui peut se rendre partout, je serais sous les palmiers, c'est certain.

– Bon. Je vais essayer une dernière fois d'entrer en communication avec lui, sinon on arrête, conclut Max, un peu dépité. Mets tes mains sur la table, Laurence.

– Sont sur la table.

– À plat. Voyons ! C'est pourtant pas compliqué. Comment veux-tu qu'un esprit vienne !

– Bon, c'est de ma faute si l'esprit boude !

– Je savais tellement que ça finirait comme ça... soupire Max.

– Max Beaulieu, je te rappelle que moi, je voulais pas venir !

Guillaume annonce que c'est lui qui posera les questions à l'esprit.

– Bonne idée ! approuve Ge. Il va te parler, à toi. Sinon, tu me le passeras, je vais lui dire deux mots.

Et j'ajoute :

– On va être sérieuses, Guillaume. Promis !

– Me semble...

– Qu'est-ce que tu dis, Max?

– Rien.

– OK. Concentrez-vous, gang. J'y vais! lance Gamache en se frottant les deux mains. Go! À nous deux, l'esprit! Préparez-vous, ça va barder! Super médium est là... talaaaam! Super médium, le roi des médiums!

– C'est beau. Commence, Guillaume! grogne Max.

Gamache ne ferme pas ses yeux, mais, tout en fixant le plafond, il prononce d'une voix autoritaire:

– OK, esprit, c'est pas tellement difficile: fais bouger la table, si t'es là. C'est tout ce qu'on te demande.

Rien ne bouge.

Gamache ne se démonte pas.

– Esprit ? C'est parce que c'est ta dernière chance ! Après, on va aller louer un film. Tu vas te retrouver tout seul, encore. C'est sûrement pas ce que tu veux. Hein ? Tu veux sûrement pas passer ton samedi à rien faire ? Ben, parle-nous ! Réveille ! Grouille !

– Franchement, Guillaume ! C'est peut-être pas une bonne idée de parler aux esprits sur ce ton-là...

Gamache ignore la remarque de Geneviève.

– Esprit ?

Toujours rien.

– Tu veux pas nous parler ? C'est ça ?

Silence total.

– Peut-être que quelqu'un te dérange, ici ? insinue Gamache. Est-ce que quelqu'un t'empêche de parler ?

La table se met à trembler.

Je vous le jure. Pas beaucoup. Mais suffisamment pour faire peur. Ge a le visage aussi pâle que celui de Blanche-Neige. Guillaume sourit. Il considère que c'est une victoire personnelle. Qu'il a un don. Qu'il est vraiment médium et que les esprits n'ont qu'à bien se tenir. Il songe déjà à

faire carrière. Il se voit grand médium des médiums. Je le connais, je suis certaine que c'est ce qu'il pense en ce moment.

– Esprit, tu peux pas parler parce que t'es fâché? C'est ça? continue Gamache.

La table bouge encore un peu.

Max intervient et décide de donner un code à l'esprit.

– Si c'est oui, esprit, tu frappes un coup. Si c'est non, c'est deux coups.

La table s'élève un peu et frappe une fois au sol. La table a compris, ou plutôt l'esprit. Ou l'esprit de la table. Chose certaine, moi, je m'en vais!

– Désolée, mais j'en ai assez. C'est beau. Tant que ça marchait pas, c'était drôle, mais là, j'aime pas trop.

– CHUUUUUUT, LAURENCE!

– Es-tu encore là, esprit? s'informe Guillaume.

Un coup.

– Est-ce qu'on peut te poser des questions?

Deux coups.

– Non? Pourquoi?

Rien.

– POURQUOI?

– Arrête d'insister, Guillaume! Il va se fâcher et ce sera pas beau.

Gamache ignore encore une fois la remarque de Geneviève, que je trouvais pourtant pertinente.

– On comprend pas trop, esprit. Explique-nous un peu pourquoi on ne peut pas te poser de questions. On t'écoute!

Max intervient...

– Il peut juste te répondre oui ou non, Guillaume!

– C'est pour ça qu'on aurait dû se servir d'un verre avec des lettres! affirme Geneviève.

– L'esprit aurait pu faire des phrases. Mais non, moi, on ne m'écoute pas... jamais!

– Chuuuuuuuuuuuuuuuuuuuuuuut, Laurence!

Guillaume reprend son idée:

– Esprit, est-ce qu'il y a quelqu'un ici qui t'empêche de nous parler?

– C'est une très bonne question, ça! chuchote Max.

Un coup, répond la table.

– Est-ce que c'est Ge? demande Gamache.

Deux coups.

– Fiou! fait ma meilleure amie.

– Est-ce que c'est… euh… est-ce que c'est moi? s'inquiète Gamache.

Deux coups bien solides.

– Cool! Est-ce que c'est Max?

Deux coups aussi.

– Est-ce que c'est…?

– OK, c'est beau! Moi, j'y vais! C'est certain que c'est moi.

Gamache poursuit tout de même:

– Est-ce que c'est Laurence qui t'empêche de parler?

Un coup.

– Est-ce que c'est parce qu'elle est pas sérieuse?

Un coup.

– Est-ce que tu es fâché contre elle?

Un énorme coup qui ne fait aucun doute sur son interprétation. Je ne pensais jamais dire ça un jour, mais l'esprit du sous-sol chez Max m'en veut!

Je mets mon manteau.

– Est-ce que c'est toi le marin mort en mer? demande Max.

Un coup.

– Est-ce que c'est ce que Laurence a dit tantôt qui t'a mis de mauvaise humeur?

Un coup tellement fort que je me demande s'il n'a pas brisé le plancher.

– Bon. Dis-lui que je m'excuse! je lance en montant l'escalier.

– Laurence s'excuse, est-ce que tu vas...

La table part dans tous les sens.

En deux temps trois mouvements, je me retrouve sur le trottoir. J'ai oublié ma tuque et mes mitaines, mais il n'est pas question d'y retourner !

Je file en courant jusque chez moi. Je ne dormirai pas de la nuit. Je le sens. Non. Je le sais. Pire : je ne dormirai plus jamais.

Je tremble de tous mes membres. Je suis épuisée.

Je n'ai pas pu aller à l'école aujourd'hui. Impossible. J'étais trop crevée. Comme prévu, j'ai passé la nuit à ne pas dormir du tout. À craindre l'arrivée du marin mort en mer dans ma chambre. À épier le moindre bruit. À imaginer son visage. Je suis à bout. Suivez mon conseil ! Laissez les esprits là où ils sont. Allez plutôt au cinéma !

Mes parents ne savent rien. Je n'ai pas l'intention de leur raconter. Ma mère pense que je couve un virus. C'est ce qu'elle a dit à la secrétaire de l'école, ce matin. Je n'ose pas parler de mon expérience mystique. Geneviève ne m'a pas téléphoné. Je me demande comment tout cela s'est terminé hier soir. Et puis, non. Je ne veux pas le savoir. Je ne veux plus jamais entendre parler de cette histoire.

Euh...

C'est moi ou ma commode vient de bouger toute seule, là ?

...

Encore !

Soit j'ai des hallucinations, soit le marin mort en mer est ici.

Le tiroir du haut n'était pas ouvert, il y a deux minutes...

– Esprit, si t'es dans ma chambre, va-t'en tout de suite, OK?

Ma fenêtre est fermée, mais le rideau se balance comme si le vent entrait... Le marin mort en mer est là. Je le sais. J'en suis certaine. Il hante ma chambre.

Le plancher craque... Je me surprends à marmonner tout haut, un peu comme quand on fait une prière...

– Esprit, écoute-moi. Si j'ai dit un truc qui t'a fait de la peine, hier soir, excuse-moi. Je le pensais pas. Les marins morts en mer ont bien le droit d'habiter où ils veulent! Je sais aussi qu'il ne faut pas mettre tous les marins morts en mer dans le même panier. Chaque marin mort en mer a droit à sa destinée et ce n'est pas de mes oignons.

La porte s'ouvre d'un coup.

– DAAAAAAAAAAAAAAAAAAAAH!

C'est Gamache. J'ai failli faire une crise cardiaque aiguë.

– T'es blanche comme une morte, Laurence !

– Arrête de parler de mort !

– Pourquoi t'étais pas à l'école ?

– Ma chambre est hantée, Guillaume. C'est de votre faute. Je le savais que j'aurais jamais dû aller à votre soirée ridicule !

– Hein ?

Je lui explique que je n'ai pas dormi. Que le marin mort en mer se tient probablement entre ma commode et mon lit.

Max arrive quelques minutes plus tard, lui aussi. Il attendait Guillaume sur le trottoir et commençait à s'impatienter.

Je m'empresse de lui dire :

– Je ne veux pas savoir ce qui s'est passé, hier ! Laissez-moi tranquille !

– Calme-toi, Laurence !

– Me calmer ? C'est pas toi qui as ramené un marin mort en mer chez toi, Guillaume Gamache !

Je tremble comme une feuille morte.

– Bon. OK. Dis-lui, Max… fait Guillaume.

– Non. Dis-lui, toi !

– Me dire quoi ?

– C'était ton idée, Guillaume…

– C'était NOTRE idée !

Ils m'énervent. Si j'avais des gardes du corps, je les appellerais et je leur demanderais de jeter Max et Gamache aux crocodiles. De les enfermer dans un cachot.

Aux oubliettes !

– Laurence, y a rien de vrai dans notre histoire d'esprit, finit par laisser tomber Gamache.

Et Max avoue :

– C'était juste un coup monté.

Et Guillaume ajoute :

– On voulait vous faire peur.

Et Max ne dit plus rien.

Si c'est vrai, s'ils ont vraiment tout inventé, je les...

Gamache précise :

– Max a jamais eu de grand-mère médium.

– Elle est plutôt *small*, ma grand-mère !

Ils sont tordus de rire, tous les deux.

Mélange de colère et de soulagement de mon côté. Je me détends. Je respire mieux. Mais je leur en veux, et je ne suis pas près de leur pardonner !

Évidemment, je leur demande :

– Comment vous avez fait pour que la table bouge ? Ça avait l'air tellement vrai...

– C'est Max qui la faisait bouger, s'empresse de répondre Gamache. Il a un truc.

Max fronce les sourcils et toise Guillaume.

– Pourquoi tu lui dis ça ? C'est toi qui la faisais bouger.

– Non.

Les deux se regardent. Ils n'ont pas l'air bien, tout à coup.

– Voyons, Max. C'était pas moi le responsable du trucage de la table. Moi, j'apportais les chips.

– Hein? Jeudi soir, je t'ai dit: on fait ça chez nous, mais c'est toi qui t'occupes du trucage de la table.

– T'as jamais dit ça! Tu m'as demandé d'apporter les chips au ketchup!

Malaise.

Les deux pâlissent. C'est le retour de Blanche-Neige. Je ne dois pas être beaucoup plus rougeaude. Ce n'est ni Guillaume, ni Max et ce n'est certainement pas Ge qui a fait bouger la table...

– Ce serait vraiment le marin mort en mer? marmonne Max.

– ...!

– … !

– … !

Le lendemain, dans la classe, il y a quatre élèves absents. Max, Gamache, Geneviève et moi. La secrétaire affirme que les parents des quatre jeunes ont tous donné la même raison pour justifier leur absence : de l'insomnie, de la nervosité, une grande fatigue, de l'épuisement.

Normal, on ne dort plus.

Monsieur Lépine se demande s'il n'y aurait pas un virus étrange qui circulerait. On parle même de fermer l'école par prévention. L'infirmière fait un sondage auprès des familles.

La mienne ne sait rien.

YO

«Comme toujours, Ré et moi, on s'arrête devant la grande porte grillagée du cimetière. Le cimetière, c'est notre unique distraction sur le chemin de l'école. On avance nos têtes entre deux barreaux et on regarde les tombes.»

C'est un matin comme les autres, en plein milieu de l'hiver. En sortant de chez moi, je fige dans l'escalier. Jamais de ma vie je n'ai vu tomber tant de neige. Et à si gros flocons. Tout le ciel en est rempli. Et il a dû neiger comme ça toute la nuit. C'est blanc partout... « Ça d'épais ! »

Sur le trottoir, Ré m'attend, planté comme un piquet. De la neige, il en a jusqu'aux genoux. Sur ses épaules, il en a jusqu'aux oreilles. Même sa casquette est surmontée d'un cône blanc...

Et pas un brin de vent pour souffler tout ça.

Journée parfaite pour la planche à neige ! On devrait sauter de joie. Mais non. Ni Ré ni moi ne bougeons... parce que, aujourd'hui, ce n'est pas une journée de planche... alors là, pas du tout !

C'est une journée d'école !

Ré, c'est mon ami Rémi. On n'a pas besoin de se parler pour se comprendre. Sac au dos, on marche en silence vers notre triste destin. Il faut lever haut les bottes. Ça nous prendrait des raquettes !

Les automobiles circulent au milieu de la rue. Les niveleuses ont repoussé la neige sur les bords, mais elle n'a pas encore été enlevée. Ré et moi, on longe un remblai aussi haut que nous. Il y a seulement nos casquettes qui dépassent. On se sent comme dans un couloir... un couloir sans issue... qui mène droit à l'école.

Soudain, un drôle de klaxon se fait entendre... *Beeep! Beeep!* On se retourne. Une petite déneigeuse à chenilles nous avertit qu'il faut nous écarter de son chemin. Pour l'éviter, on bondit dans le banc de neige à côté. Le chauffeur, dans sa cabine vitrée, passe sans ralentir, rajoutant au remblai de la rue toute la neige du trottoir.

Il est déjà loin quand je me relève. Une de mes bottes s'est remplie de neige et j'ai la tête pleine de gros mots. Je m'assois pour la vider... Pas ma tête, ma botte! Je dois même secouer ma chaussette avant de la remettre...

Moi, les jours d'école, «j'ha-ïs» la neige!

Ré, lui, est obligé de vider son sac, qui était mal fermé. Toutes ses affaires sont trempées. Il secoue ses cahiers un par un, comme des chaussettes, et je sens qu'il grogne intérieurement...

Sans doute les mêmes gros mots que les miens !

Je vous l'ai dit, tous les deux, on n'a pas besoin de se parler pour se comprendre.

Le trottoir est libéré. Le reste du trajet va être moins pénible... pour marcher, je veux dire. Par contre, pour arrêter de penser à la planche à neige, ça, c'est une autre affaire.

Comme toujours, nous nous arrêtons devant la grande porte grillagée du cimetière. Le cimetière, c'est notre unique distraction sur le chemin de l'école. On avance nos têtes entre deux barreaux et on regarde les tombes. Il nous en est arrivé, des aventures, ici[1]. Heureusement, en général, c'est un endroit tranquille qui a pour effet de nous «calmer le pompon»... surtout quand on veut être ailleurs.

Soudain, derrière nous, un grondement s'amplifie... une souffleuse haute comme une maison est en train d'avaler l'immense remblai qu'on longeait tantôt. Sa mâchoire béante et carrée, munie de spirales d'acier tourbillonnantes, engouffre tout. Par la voie d'un long bec courbé à la manière d'une corne géante, la neige est projetée dans un camion qui avance lentement, collé aux flancs du gigantesque goinfre mécanique. Les deux «machines» sont précédées par un agent de sécurité qui nous fait signe de ne pas approcher.

------

1. Voir *Mon coup de génie*.

Dos à la grille du cimetière, assourdis par le bruit, Ré et moi, on ne bouge pas. Le sol tremble sous nos bottes. Le convoi, devant nous, soulève un nuage de poussière blanche qui nous aveugle. Le ciel a disparu. Quand le nuage retombe enfin, on s'aperçoit que l'ogresse avaleuse de neige est suivie par une caravane de camions qui attendent leur tour pour être nourris...

Tristement, nous reprenons le chemin de l'école en suivant de loin ce cortège funèbre derrière lequel tout est nettoyé... rue, trottoir... tout !

Espérons que la souffleuse fera un petit détour pour avaler aussi l'école.

Finalement, la souffleuse est passée à côté de l'école et nous, on est entrés dedans... Pas dans la souffleuse, dans l'école! Ré, lui, est allé s'asseoir au fond de la classe... et moi, en avant.

Puis E.T. s'est mise à «parler parler».

Tout de suite, j'ai «pogné un fixe» dans une «craque» du tableau.

Esther Taillefer, c'est notre pire prof[2]. On l'appelle E.T. à cause de sa ressemblance avec un extraterrestre en plastique qu'on a vu en anglais dans un vieux film de science-fiction. Elle a une coiffure séparée dans le milieu, ce qui lui donne une tête plate qui évoque le périscope d'un sous-marin au bout d'un cou télescopique. Elle a de petits yeux vifs derrière des lunettes grandes comme des fenêtres. Je n'ai jamais compris comment ces lunettes-là peuvent tenir sur son nez minuscule.

---

2. Voir *Mon pire prof*.

Caché dans sa coiffure, il doit y avoir un système de sangles, comme des minibretelles, pour les garder en place...

Mais ce n'est pas ça, le pire.

Le pire, c'est qu'E.T. a la fâcheuse habitude de « parler parler ». Et là, ce matin, elle a décidé de nous raconter sa vie palpitante de « matante ». Elle a sorti de sa sacoche une photo de sa petite nièce « Kâââth... leeenn »... qui est tellement « bèèèlle » et tellement « fiiiiine ». Aussitôt, j'ai levé les yeux au plafond, mais pas longtemps. Vite, par prudence, je les ai refixés dans ma « craque » de tableau afin que le temps passe plus vite et qu'il n'y ait pas de problème. Comme ça, j'ai l'air sage et je peux penser à n'importe quoi. En imagination, je me sauve « loin loin » dans ma tête... et je m'amuse comme un petit fou sans que ça paraisse.

Mais, le problème, ce matin, c'est que ma tête est vide. C'est blanc partout. On dirait qu'elle est pleine de neige! Je me retourne et regarde par la fenêtre. Là aussi, tout est blanc. Il neige plus que jamais! De gros flocons, par milliers, par millions... ça n'arrête pas. Je ne vois rien d'autre que de la neige qui tombe à la tonne...

Mais est-ce vraiment la neige qui tombe? Peut-être est-ce l'école qui s'élève... qui s'envole... comme un vaisseau spatial!

– Yohann!

– Euh! Oui, m'dam'!

Le périscope s'est arrêté sur moi et je me vois dans les fenêtres d'E.T...

En double!

– Vous étiez où, là? me demande l'extraterrestre.

– Dans la lune ! je réponds.

– Bien sûr… et à quoi vous pensiez ? insiste-t-elle.

Je n'ai pas le temps d'inventer un mensonge.

– M'excuse, madame Esther, je regardais par la fenêtre… la neige, là, dehors… les flocons qui tombent… on dirait des étoiles qui descendent… ça donne l'impression que toute l'école est en train de monter… de s'élever dans le ciel… vous comprenez ?… Comme si l'école était un vaisseau spatial et qu'on s'envolait pour un grand voyage dans l'espace… je ne sais pas si vous voyez ce que je veux dire… c'est une drôle d'idée, han ?

La petite bouche d'E.T. est entrouverte. Un silence complet s'est fait aussi dans ses lunettes panoramiques, où je peux voir la classe au grand complet, derrière moi, qui attend la suite.

Peut-être qu'E.T. s'intéresse à mon idée, après tout. Encouragé, je poursuis :

– Vous, vous seriez le capitaine du vaisseau… et nous, on serait à vos ordres… on ferait des mathématiques pour calculer notre trajectoire… on étudierait les astres et les constellations… on ferait de la géographie en survolant la Terre… même de l'histoire en voyageant dans le temps… en plus, on ferait des bricolages de tableaux de bord… et on écrirait des histoires de science-fiction pour les plus petits qui sont dans les autres parties du vaisseau…

Enfin, profitant du silence qui se prolonge, je conclus, enthousiaste :

– Le vaisseau, il s'appellerait l'«École volante»... et on partirait en voyage, comme ça, chaque fois qu'il neige... ça s'rait l'fun, han?

– Non, Yohann! m'interrompt E.T. Pas «ça s'rait l'fun.» Il faut dire: «Cela... se-rait... a-mu-sant!»

Du coup, je me renfrogne et replonge dans ma «craque» de tableau. La tête plus que jamais remplie de neige, je me dis que si j'étais prof, je me déguiserais en capitaine de vaisseau spatial... et que «ça s'rait maudit'ment l'fun» dans ma classe...

Et le p'tit Ré, en arrière, je le nommerais assistant-capitaine!

E.T. a enfin arrêté de nous «parler parler» de ses grandes joies de «matante» et de sa «Kâââth... leeenn», qui est si « bèèèlle » et si « fiiiiine ». Après avoir remis la photo dans sa sacoche, elle nous demande d'ouvrir nos cahiers d'analyse de la phrase…

Grognement de mécontentement général. Plusieurs auraient préféré poursuivre leur journée dans mon « École volante », j'en suis sûr. Mais c'est impossible. Il nous faut maintenant affronter Joannie, l'infatigable héroïne des phrases qu'E.T. nous donne à analyser depuis la nuit des temps. Déjà, elle est en train de nous expliquer :

– Aujourd'hui, nous allons apprendre une nouvelle conjugaison de verbe.

Enthousiasme muet dans la classe. E.T. continue :

– Oui, aujourd'hui, nous allons apprendre à conjuguer les verbes qui se terminent en *-eter*… comme le verbe *jeter*…

Je sens l'intérêt monter derrière moi.

– Connaissez-vous un autre verbe en -*eter*… comme le verbe *jeter*? demande-t-elle dans le vide total qui achève de remplir la classe.

Sans réfléchir, je lève la main et je lance :

– *Pelleter*!

– Oui! s'exclame E.T., heureuse de me voir si intéressé. Bravo, Yohann! *Pelleter* est un verbe en -*eter*. En plus, ton idée est géniale, parce que, justement, aujourd'hui, il y a beaucoup de neige à pelleter. C'est magnifique, non?

Personne ne trouve ça magnifique. Malgré tout, fière d'elle, mon pire prof saisit une craie pour inscrire la phrase qu'on va devoir analyser… pendant que moi, je prévois que Joannie va pelleter de la neige.

– Mes petits amis, poursuit E.T., l'œil malicieux. Observez bien la phrase que je vais écrire au tableau. Une grosse surprise vous attend.

En effet, une grosse surprise nous attend. Elle écrit :

Joannie pellette de la neige.

Je n'en crois pas mes yeux. Moi qui étais certain que Joannie « peltrait » de la neige. Eh bien, non, pas du tout...

Elle en *pellette* !

Du coup, je ne sais pas pourquoi, je me sens très fatigué.

La récré va sonner dans une minute et je suis crevé.

Après avoir pelleté avec Joannie au présent, au passé, au futur et même au conditionnel – où elle *pelletterait* de la neige s'il y en avait –, il nous a fallu compter ses crayons à colorier afin de trouver le pourcentage des bleus et le pourcentage des rouges...

J'imagine que ça doit l'amuser beaucoup, Joannie, de compter ses crayons avant de dessiner et après avoir pelleté...

Je n'en peux plus !

Pin ! Pon ! Pin ! Pa-hon !... Pa-hon ! Pin ! Pin ! Pa-hon !...

La récré ! Vite ! Dehors !

Ré et moi, on détale comme des lièvres. Dans la cour de l'école, on fonce dans la neige nouvelle pour se frayer un chemin jusqu'à la clôture la plus proche. Là, on s'appuie dessus, essoufflés. Au bout d'un long moment, on se regarde et on se comprend : « On n'en peut plus ! »

– Qu'est-ce qu'on fait? je demande.

– Sais pas, répond Ré. Je voudrais tellement être ailleurs.

– En planche sur une pente de ski?

– J'arrête pas d'y penser depuis ce matin. C'est fatigant à la fin.

– Oui... j'ai jamais vu autant de neige dans une même journée... imagine la poudreuse... et les slaloms qu'on pourrait faire...

Dépité, je me retourne et j'avance mon nez dans un trou du grillage de la clôture. Près de moi, Ré fait de même.

De l'autre côté de la rue, un tracteur de ferme, muni d'une souffleuse en arrière et d'une gratte inversée en avant, s'affaire à dégager les stationnements de maisons. L'homme aux commandes est extraordinaire. Il avance et s'arrête à quelques centimètres de l'escalier, abaisse sa gratte et recule en tirant vers la rue toute la neige de l'entrée. Là, vivement, il fait pivoter son engin d'un demi-tour pour souffler la neige sur le terrain, à côté... et il file vers la maison suivante...

– C'est mon oncle Marcel! prononce soudain une voix.

– Mo! s'exclame-t-on, Ré et moi, en reconnaissant Maurice, qui s'est approché en catimini.

Mo, c'est un petit de quatrième. On l'a connu seulement cette année. Même s'il me ressemble un peu trop à mon goût avec sa casquette des Nordiques de travers, je l'aime bien. En plus, il est précieux pour nous: c'est le batteur dans notre groupe de musique. Les KaillouX, qu'on s'appelle. On n'a pas encore réussi grand-chose, mais, grâce à lui, on a quand même gagné le concours des Jeunes Talents de l'école avec une chanson de Metallica qu'on avait traduite en français[3].

– Ton oncle Marcel ? je répète, surpris, en observant la silhouette imposante du chauffeur dans la cabine du tracteur, de l'autre côté de la rue.

– Mais oui ! lance Ré. Regarde, Yo. C'est son oncle Marcel !

Oui ! Soudain, je reconnais cet homme qui nous a sans doute évité le ridicule dans le petit parc qui se trouve au bout de la rue, chez Mo... avec une chanson yé-yé de l'ancien temps qu'on avait apprise pour rien[4].

– Tu parles ! je fais, admiratif, en observant les manœuvres incroyables du conducteur. On dirait qu'il fait danser son tracteur... Quelle précision !

3. Voir *Méchant Maurice !*
4. Voir *Au bout de la rue.*

– Mon oncle, c'est le *king* de la souffleuse, ajoute Mo. Son entreprise s'appelle «Marcel Machines». Dimanche passé, j'ai fait toute la *run* avec lui. Je l'ai aidé pour les escaliers et les galeries. Il est capable de vider une entrée en moins d'une minute... avez-vous une montre ?

Ré, déjà, est en train de chronométrer l'oncle Marcel. En deux temps, trois mouvements, le tracteur a avancé, reculé, pivoté, soufflé...

– 53 secondes ! annonce Ré. Wow !

Pin ! Pon ! Pin ! Pa-hon !... Pa-hon ! Pin ! Pin ! Pa-hon !...

Fin de la récré !

Du coup, une grande fatigue s'abat sur nous. Comme trois tortues, on se traîne jusqu'à l'école, la casquette encapuchonnée de neige. Complètement déprimé, je jette un dernier regard sur la danse du tracteur, qui se poursuit, là-bas, avec ses jets blancs et tellement précis...

On dirait un jouet manipulé par un enfant heureux. Je suis jaloux.

Me revoilà en classe, sous la haute surveillance du périscope impitoyable d'E.T. Je suis vraiment au bout de mes forces. Une autre activité avec Joannie et j'explose... ou je m'effondre. Sous la lumière blafarde des néons, je m'agrippe à ma « craque » de tableau et j'attends, prêt à tout.

– Yohann ? Ça va ? me demande soudain E.T.

Je sursaute et lève la tête. Dans les grandes lunettes, je me regarde dans le blanc des yeux et je me rends compte que je suis en effet au bord de l'explosion...

« Calme-toi, Yo ! » je me dis.

– Serais-tu encore en train de te promener dans ton… « École volante » ? se moque E.T.

Je me sens comme Darth Vader, avec sa longue tunique et son casque noir… avec sa respiration d'outre-tombe aussi… et, surtout, avec son pouvoir d'étrangler à distance…

Du coup, tout s'assombrit dans la classe. Devant moi, surpris, le périscope s'élève d'un cran. Au plafond, tous les néons se sont éteints et, derrière moi, un grand cri de joie s'élève…

Je mets plusieurs secondes avant de comprendre.

C'est la panne générale !

Après un moment d'accalmie imposé à la classe par le long doigt autoritaire et squelettique d'E.T., un grésillement se fait entendre à l'interphone. Le directeur va parler. Non! C'est sa secrétaire.

– S'il vous plaît, veuillez m'écouter attentivement... Il semble que nous soyons victimes d'une panne d'électricité. Comme convenu dans un tel cas, je demande à tous les enseignants de guider leurs élèves vers la sortie... chacun doit être bien habillé... ensuite, dans l'ordre et le calme, tous doivent se réunir par classe dans la cour de récréation, autour de leur professeur... un autre avis suivra dès que nous aurons des nouvelles d'Hydro-Québec.

Avant qu'E.T. ait le temps d'ouvrir la bouche, je suis dans le corridor. Je freine devant mon crochet où se trouve mon habit d'hiver. Je saute dans mes bottes. J'enfile mon manteau. Je suis le premier de l'école à sortir dehors. J'aspire une grande bouffée d'air frais. Aussitôt, je retrouve mon énergie et ma clarté d'esprit.

Il ne neige presque plus, maintenant. Ré me rejoint bientôt... suivi de Mo. Tous les trois, sans un mot, on file vers notre bout de clôture. Le tracteur de l'oncle Marcel est arrêté devant une maison, pas loin. À la pelle, l'homme achève de déblayer la galerie... puis, avec efficacité, il s'attaque aux marches de l'escalier. La grosseur des blocs de neige qu'il soulève est impressionnante.

– Il pellette! je déclare en souriant.

– Il est super fort, mon oncle Marcel, ajoute Mo.

– Il fait pas seulement les entrées d'autos? je demande.

– Non. Les gens âgés le paient aussi pour qu'il enlève la neige jusqu'à leur porte.

– Aujourd'hui, ça va lui faire toute une journée.

– Il est infatigable, nous explique Mo. Il peut faire ça pendant des heures. Il s'arrête seulement pour manger. Je vous l'ai dit, j'ai fait toute la *run* avec lui, dimanche passé. Le quartier au grand complet. Presque toutes les maisons. Je l'ai aidé un peu. Après, il m'a emmené au restaurant.

Derrière nous, la cour pleine de neige s'est remplie d'élèves excités et plus ou moins bien regroupés autour de leur prof. J'aperçois la silhouette d'E.T. qui nous fait signe de venir. Palettes basses, notre petit trio s'amène lentement. Mo prend la direction de son groupe de quatrième...

Soudain, un grésillement se fait entendre dans les haut-parleurs extérieurs. Toute la marmaille cesse de grouiller et se tait. La secrétaire va parler.

– Hydro-Québec nous indique qu'un transformateur a explosé. Un court-circuit causé par une trop forte accumulation de neige, nous informe-t-on. L'école sera privée d'électricité pendant plusieurs heures... nous devons fermer nos portes pour le reste de la journée...

Un cri de victoire éclate dans la cour. On entend à peine la suite du message :

– Les autobus seront là dans moins d'une heure pour ramener ceux qui le peuvent à la maison. À tour de rôle, en commençant par les plus petits, chacun pourra téléphoner afin d'avertir ses parents. On demande aux professeurs de rester afin de s'occuper de ceux qui ne pourront pas retourner à la maison et...

Ré et moi, on n'écoute plus. On est déjà sortis de la cour. On est dans la rue. Sans nos sacs d'école. Rien. Légers, heureux et... libérés !

Mo nous a suivis.

– On va-tu voir mon oncle? propose-t-il.

N'ayant rien de mieux à faire, tous les trois, on se dirige vers le tracteur qui est en train de s'attaquer à un autre stationnement. En nous voyant approcher, l'oncle Marcel immobilise son engin. Dessus, c'est inscrit, en lettres jaunes sur fond vert: «Marcel Machines».

Il avait l'air petit de loin, ce tracteur, mais de près, c'est une «machine» vraiment imposante. Les roues arrière sont plus hautes que moi!

– Maurice! s'exclame l'homme en apercevant son neveu, qui lui saute dans les bras.

– Salut, mon oncle.

– Mais qu'est-ce que vous faites là, les trois KaillouX? nous demande-t-il.

– Panne générale, explique Mo. L'école est fermée. T'as pas entendu?

– Non... le bruit du moteur... Mais alors, comment allez-vous occuper votre grande journée?

Là-dessus, on baisse les yeux, un peu piteux. Tout ce que j'arrive à dire, c'est:

– On aimerait bien aller faire de la planche à Lac-Beauport, mais...

– Mais quoi?

– Ben... c'est loin. Et puis... comment y aller? De toute façon, moi, j'suis crevé. Vous pouvez pas savoir l'énergie que j'ai dépensée ce matin à conjuguer le verbe *pelleter*...

– Ouais, je vois, commente l'oncle Marcel avec un sourire en coin. Et toi, Rémi? Est-ce qu'il t'en reste, de l'énergie?

– Euh… j'sais pas… j'pense que oui…
un peu… mais…

– En tout cas, moi, intervient Mo, j'ai
envie d'en faire, d'la planche !

Pendant un long moment, l'oncle
Marcel nous observe, tous les trois, un
par un. Il réfléchit. Enfin, il prononce :

– Je pourrais peut-être vous arranger
ça, moi.

Du coup, nos trois casquettes s'im-
mobilisent.

– Oui, répète-t-il, je pourrais vous
arranger ça… mais j'ai besoin de votre
participation…

Ré et moi, on écoute ce que l'homme
veut nous proposer.

– Ça vous tente de pelleter ?

Après avoir appelé l'école et nos parents avec son cellulaire afin de les avertir qu'il s'occuperait de nous pour le reste de la journée, l'oncle Marcel nous a confié le plan du quartier... et trois pelles.

Sur la feuille sont dessinées toutes les rues où se trouvent les entrées à déneiger. En un mot, sa *run* !

C'est facile. Il s'agit de repérer les piquets de métal avec une plaque « Marcel Machines ». Quand il y a un collant vert dessus, ça veut dire que c'est une personne âgée qui a payé pour que la neige soit pelletée jusqu'à sa porte.

Depuis une heure, c'est ça qu'on fait, tous les trois, chacun de notre côté. On dégage les marches et les galeries des personnes âgées... jusqu'à leur porte.

Comme ça, l'oncle Marcel va terminer sa journée plus vite... et après, il va nous ame-ner avec nos planches à Lac-Beauport!

Il nous l'a pro-mis!

Ça fait huit maisons que je fais et je cons-tate que les ga-leries ne sont pas toutes de la même gran-deur et que leurs escaliers n'ont pas tous le même nombre de marches.

Tant pis. L'oncle Marcel nous a dit qu'il suffisait de faire un passage aussi large que la porte d'entrée de la maison. Alors, sans penser, sans économiser mes efforts, je *pelte*...

Oups! Pardon! Je *pellette*!

La neige est neuve et ne pèse pas lourd. Je la propulse dans le ciel, au bout de mes bras. Une demi-journée de planche m'attend cet après-midi. Je ne ressens plus ma fatigue.

Parfois, je jette un coup d'œil de l'autre côté de la rue. Là, je vois Mo qui charrie la neige comme un forcené. Ses pelletées ne sont pas grosses, mais son efficacité est celle d'une minisouffleuse. À ma droite, au fond de sa tranchée, Ré pioche à tour de bras. Je ne vois que les jets de neige qu'il projette au-dessus de lui. Son rythme est infernal. Alors, je reprends le travail avec une ardeur renouvelée. D'après le plan de l'oncle Marcel, il ne nous reste qu'une rue à faire...

Espérons qu'il n'y a pas trop de personnes âgées qui y habitent.

Nous en sommes à la dernière maison. Ré a terminé la galerie. Moi, j'achève l'escalier. Mo arrive en courant et nous annonce :

– Il en reste une, là.

– Y'a pas de collant vert ! je fais remarquer, à bout de souffle.

– C'est chez mon oncle Marcel. On va lui faire sa galerie et son escalier. Comme ça, on va pouvoir partir plus vite pour Lac-Beauport ! Allez, les gars, on lâche pas !

Les épaules un peu basses, Ré et moi, on suit Mo qui traverse la rue en sautillant. Et on s'attaque à notre dernière galerie...

Je me demande soudain si elle n'est pas de trop, cette galerie. Franchement, je ne sais même plus si j'ai encore envie de faire de la planche à neige. Il me semble que pour aujourd'hui, de la neige... j'en ai assez vu !

Ré et moi, on a laissé les dernières pelletées à Mo. Le menton appuyé sur le manche de nos pelles, on regarde le banc de neige, en face. On doit avoir l'air de deux trépieds sur lesquels sont plantées deux têtes vides.

Soudain, notre contemplation est interrompue par le tracteur de l'oncle Marcel, qui nous contourne pour garer son engin dans le garage. À demi éveillés, nous pivotons sur nos pelles. Au même instant, Mo les récupère et on manque de piquer du nez. Déjà, l'oncle Marcel a sauté dans son camion. Il recule et s'arrête à notre niveau. Mo est assis à ses côtés. Comment a-t-il fait ? Méchant Maurice ! Il est plus rapide que l'œil.

– Allez, hop, les gars ! nous interpelle l'oncle Marcel. Pas de temps à perdre. Vos planches, où sont-elles ?

– Chez Ré, je réponds, sans énergie.

– Allez ! Montez ! La journée avance. On file à Lac-Beauport !

La bouche entrouverte, je lève les yeux vers le colosse qui trône au volant de son gros F-150. Abruti par la fatigue, je n'ai pas la force de répliquer. Ré et moi, on entreprend alors de faire le tour du camion. Instinctivement, on choisit de passer par en avant. C'est plus court.

De l'autre côté, Mo nous a ouvert la portière. On grimpe dans la cabine et on se laisse emporter vers l'«extraordinaire» après-midi de planche à neige qui nous attend là-bas.

Lac-Beauport, 13 heures. L'oncle Marcel a payé nos billets d'entrée. Il va venir nous retrouver vers 17 heures. Avant de partir, il nous a dit:

– On va souper ensemble. Après, s'il vous reste des forces, vous pourrez continuer à faire de la planche en soirée, sous les projecteurs... mais pas plus tard que 20 heures, hein?

On était tous d'accord.

L'après-midi commence. Mo, Ré et moi, on est assis dans le télésiège qui nous emporte pour la première fois vers le haut de la montagne. Je ne sais plus quoi penser. En dessous, les sapins sont surchargés de neige et, sous le soleil qui vient d'apparaître, les pentes sont éblouissantes. Finalement, avec courage, je me dis qu'il faut en profiter au maximum. Des journées comme ça, c'est super rare.

Une fois au sommet, j'ancre solide-ment mes bottes sur ma planche...

Et j'entreprends ma première des-cente.

Pour la vingtième fois peut-être, je me retrouve en haut des pentes. L'après-midi achève et je suis surpris d'avoir encore des forces. À plusieurs reprises, j'ai croisé Mo et Ré. Chaque fois, ils m'ont paru en pleine forme... comme moi.

Mais là, au loin, entre deux sommets des Laurentides, le soleil se couche; 17 heures approche et j'hésite à entreprendre ma dernière descente. J'ai les jambes tellement molles. Elles tremblent.

Alors, prudemment, je décide de me laisser aller dans une très longue piste familiale. La plus facile de toutes. Et déjà, je glisse... lentement... jambes un peu pliées... bras inertes le long du corps... sans effort, je dévale la pente douce... longuement... avec le néant dans la tête, je m'abandonne à cette interminable et lente glissade... parfaitement détendu... la tête qui ballotte... les paupières lourdes... et je m'endors!

Sous le choc de ma chute, ma planche se décroche de mes bottes et je me mets à rouler... puis je racle la neige sur plusieurs mètres et m'immobilise enfin... brusquement ranimé.

D'un bond, je saute sur mes pieds.

Je regarde autour de moi. Personne ne semble m'avoir vu. Je récupère ma planche qui a glissé un peu plus loin... Et je termine ma descente à pied et en chantant à tue-tête une chanson de camp de vacances... question de rester bien éveillé.

Quinze minutes plus tard, je rejoins mes amis au chalet principal. L'oncle Marcel est déjà là et nous invite au restaurant pour une bonne soupe chaude.

Comment je vais faire pour ne pas tomber endormi dans le bol?

89

– Ça vous tente de continuer ? nous a demandé l'oncle Marcel, après le dessert.

– Non, non… c'est correct comme ça.

On a tous répondu en même temps.

Je n'ai pas vu le trajet de retour. J'ai dormi dans la cabine.

J'ai rêvé que j'étais aux commandes du vaisseau « École Volante » et qu'on était attaqués par des milliers de pelles obéissant aux ordres d'une gigantesque souffleuse spatiale avec deux cornes. Lentement, l'engin infernal avançait sur nous pour nous broyer dans sa grande gueule carrée armée de spirales étourdissantes. C'était la panique à bord et je courais partout pour calmer l'équipage. Quand Ré m'a secoué pour me réveiller, j'étais crevé.

Comme un zombie, je suis descendu du F-150. Sans un mot, j'ai récupéré ma planche et mes bottes dans la boîte arrière...

Soudain, j'entends l'oncle Marcel qui me lance :

– Hé ! Yo ! Dors bien ! Demain, c'est l'école !

Je n'ai vraiment pas la force de lui répondre car, devant moi, la galerie et l'escalier croulent sous la neige. Mes parents ne sont pas encore arrivés...

Il faut que je *pellette* pour rentrer chez nous !

DAPHNÉ

«Entre la rue Saint-
Fulgence et la rue Saint-
Ouen, j'ai perdu une
chaussure, à l'angle
des rues Roosevelt et
Girard, la plupart de
mes illusions sur
les chiens et
sur l'été sans
histoire que
j'espérais.»

Il reste trois semaines avant la fin de l'année scolaire. Et la fin de l'année scolaire, tout le monde le sait, c'est le début de la chasse aux ados et aux préados. Les voisins sont tous à l'affût. Avant, quand vous les rencontriez, vous étiez invisible, à présent, ils n'ont d'yeux que pour vous, vous êtes fine, vous êtes belle, comme tu as grandi, Daphné, et tout le tralala.

Il faut donc user de prudence et se tenir sur ses gardes, ne jamais quitter la maison sans avoir au préalable soigneusement inspecté les alentours, au cas où un voisin ou une voisine se cacherait derrière une haie, un garage, une borne-fontaine, un chien ou un chat pour vous surprendre et vous mettre le grappin dessus. Tous les motifs sont bons : gardiennage, tonte de gazon, arrosage de plantes intérieures et extérieures, désherbage, courses, ménage, popote...

– Daphné ?

Raté ! J'ai ouvert la porte sans effectuer les vérifications d'usage. Madame Sigouin, la quatrième voisine côté gauche, me barre la route.

– Tu es libre, cet été ?

– Non, justement, je...

– Tant mieux. Parce que j'ai un travail intéressant à te proposer.

– Malheureusement, je ne peux pas, j'avais justement prévu de...

– Sortir Irma, Cyclone et Typhon une heure, trois fois par jour.

Irma, Cyclone et Typhon sont des chiens. Irma est une doberman femelle grise et fatiguée, vaguement impotente, Cyclone et Typhon, deux golden retriever fringants, l'un roux, l'autre blond. Irma, Cyclone et Typhon sont des créatures à éviter si l'on veut passer un été sans histoire.

– C'est que...

– Un emploi idéal pour une jeune en vacances. Tu les emmènes au parc, comme ça tu prends l'air et eux aussi, ils sont heureux et toi aussi.

Et comme je ne dis rien...

– Une heure, répète madame Sigouin. Trois fois par jour.

Trois heures. Trois heures interminables à tirer sur trois laisses, à essayer de ne pas tomber, à entendre trois chiens énervés japper, beugler, baver, à ramasser les produits de leur digestion, à faire attention aux piétons qui passent à côté, aux enfants qui risquent de glisser dessus, à éviter les voitures, les autres chiens, les chats, les ânes, les mulots, les vélos, trois heures à domestiquer le non domesticable.

C'est au-dessus de mes forces.

– Ils sont vigoureux, ai-je risqué en regardant les mains de madame Sigouin, ses doigts écorchés et ses poignets lacérés de longs traits rouges.

– En pleine forme! répond-elle comme si elle parait à une attaque. Du chien, du vrai! ajoute-t-elle en haussant le menton. Rien à voir avec ces petits toutous qui circulent ventre à terre et râpent vos tapis.

– Laissez-moi deux jours pour y penser, d'accord?

– N'attends pas trop longtemps, Daphné. Il y a plein d'autres jeunes du quartier qui ne demanderaient pas mieux que de promener mes chiens.

«Pas sûr», ai-je pensé. D'ailleurs, on ne promène pas les chiens de madame Sigouin, on se fait promener par eux. Madame Sigouin ne marche pas, elle vole. Tout ce qu'on voit d'elle, quand par hasard on la voit, c'est une espèce de poupée désarticulée qui traverse l'existence à deux centimètres du sol, tirée par trois mastodontes aux abois. Tout le monde l'appelle Sigouin-la-volante.

– Ils sont tellement attachants, Daphné, si tu savais, dit-elle en secouant doucement la tête.

J'ignore pourquoi tous les propriétaires de chiens s'imaginent qu'on adore leurs cabots et qu'on ferait n'importe quoi pour s'en occuper.

Sauf que j'adore les chiens et je ferais n'importe quoi pour échapper au gazon et aux bébés.

– Pas la Sigouin? s'exclame Sonia.

– Pas son abominable horde sauvage? s'insurge Gaspard, qui a un faible pour les mots imagés.

– Tu vas pas passer l'été à t'arracher les bras! résume Napoléon.

Nous sommes tous les trois confortablement installés chez les vieux, à la résidence en pierres roses située près de l'école. L'édifice a la forme d'un carré creux ; au centre, on a aménagé un beau jardin, avec des bancs et des balançoires, pour que les vieux puissent s'asseoir et se balancer. En été, il y a des fleurs partout, de grands arbres feuillus remplis d'oiseaux, qui servent de parasols.

Souvent, pendant la récréation, mes amis et moi on s'installe au jardin pour manger notre collation. Quand ils nous voient arriver, les vieux, ils sont tout contents parce qu'on est jeunes et que ça les change un peu des rides, des dos voûtés, des cannes et des déambulateurs.

– Faire ça ou autre chose, je dis. J'aime mieux m'arracher les bras en tirant sur des chiens que faire du ménage, arroser des plantes ou changer des couches.

– C'est pas des chiens, c'est des bulldozers, rétorque Napoléon.

– Des créatures démoniaques et rébarbatives, précise Gaspard.

– Des horreurs, conclut Sonia.

Soupirs.

La journée était belle. Le soleil nous réchauffait le dos, une légère brise agitait les feuilles des bouleaux sous lesquels les vieux s'étaient agglutinés.

– C'est beau, murmure Sonia.

– Idyllique, renchérit Gaspard.

– On dirait la campagne, ajoute Napoléon.

– Pas d'accord, je rétorque.

Trois regards se braquent sur moi.

– C'est peut-être beau, mais ça ne ressemble pas à la campagne et ce n'est pas du tout idyllique. Regardez-les, ils s'ennuient à mourir.

– ILS S'ENNUIENT PAS, s'exclament en chœur Sonia, Gaspard et Napoléon. ILS FONT RIEN, C'EST PAS PAREIL.

– Les pierres roses, le jardin, les oiseaux, l'ombre et la brise, c'est bien beau, mais c'est loin de suffire à remplir une existence. Et le cerveau, dans tout ça?

– ON S'EN FOUT, DU CERVEAU, POURQUOI TU RAMÈNES TOUJOURS LE CERVEAU? RELAXE UN PEU, DAPHNÉ!

– Le cerveau, c'est comme les muscles, il faut l'entraîner.

– NOOOOOOOON!

– Il faudrait leur apporter des livres, il faudrait qu'ils lisent.

– PAS BESOIN! POURQUOI TU VEUX TOUJOURS QUE TOUT LE MONDE LISE, DAPHNÉ?

– Mais à quoi ils pensent, alors?

– À RIEN, DAPHNÉ ! POURQUOI TU VEUX TOUJOURS QUE TOUT LE MONDE PENSE ?

– Parce qu'il leur reste plus beaucoup de temps, ai-je murmuré, et quand on n'a plus beaucoup de temps, c'est important de ne pas trop penser à ce qui s'en vient, il faut se distraire, occuper son esprit à autre chose...

Je n'ai pas eu le temps de terminer ma phrase, ils avaient déguerpi. À leur place, un préposé me fixait d'un drôle d'air.

– Tu parles toute seule, toi aussi ?

Et comme je ne réponds pas, il me fait un clin d'œil en montrant les vieux.

– En général, ça vient plus tard.

Il a la quarantaine soignée, il est à moitié chauve et il sourit.

– Ils somnolent, je dis.

– Pas tout le temps.

– La bouche ouverte, en plus.

– Oui, et alors?

– Les mouches vont entrer.

– Bof! Elles entrent, elles sortent...

– Ils se balancent, aussi.

Il hoche la tête.

– C'est bon pour le transit intestinal.

– C'est pas une occupation, ça. Il me semble qu'ils pourraient se balancer en faisant *autre chose*.

– Comme quoi?

– Parler, manger... lire.

– Ils parlent régulièrement, ce n'est pas interdit ici, et ils mangent trois fois par jour. Il y a une bibliothèque, aussi.

– Je peux la voir?

C'est une vraie bibliothèque, coincée entre un salon de coiffure et un petit dépanneur. Il y a des livres, des revues, des journaux. Il y a tout ce qu'on trouve en général dans une bibliothèque. Sauf qu'il n'y a personne dedans, seulement une dame qui classe des fiches.

– C'est un peu vide, non ?

– C'est une bibliothèque, pas un centre commercial, rétorque sèchement la dame.

– Et puis ça pue.

Elle s'arrête, me regarde.

– À cause du salon de coiffure, oui.

Par la porte grande ouverte nous parviennent des effluves de fixatifs et de permanentes.

– C'est pas un endroit pour une bibliothèque, ça.

Des fois, je suis tellement barbante que les gens capitulent d'eux-mêmes.

– On manque de place, au cas où tu ne t'en serais pas aperçue. Tu voudrais qu'on la mette où, la bibliothèque ? À côté de la chapelle ?

– Ben oui, pourquoi pas ? Ce serait mieux que près du peroxyde et des bigoudis.

Elle hausse les épaules et retourne à ses fiches. Des fiches manuscrites avec les bouts racornis. De vieilles fiches. Je dis :

– S'ils ne viennent pas ici, je pourrais leur apporter les livres dans leur chambre... ou installer un petit dépôt dehors, dans le jardin, pour qu'ils arrêtent de se balancer et de somnoler la bouche ouverte.

Pas de réaction.

– Comme disait l'autre : « Si tu ne viens pas à Lagardère, Lagardère ira à toi ! »

Pas de réaction non plus. Je me détourne pour sortir.

– D'accord, dit la dame. Tu commences dans une semaine.

– Faire la lecture aux gens âgés ? s'étonne Sonia. Dans leur chambre ? Pourquoi ?

– Parce qu'ils souffrent de cécité ou de demi-cécité et n'ont qu'une mobilité réduite, explique Gaspard.

– Parce qu'y voient rien et s'enfargent tout le temps, traduit Napoléon.

Silence.

– Et les chiens? demande soudain Sonia.

– Les chiens, le matin, la lecture, l'après-midi.

Les choses, malheureusement, ne sont jamais aussi simples.

J'ai rédigé un court texte sur des cartons et je les ai déposés à différents endroits : à la cafétéria, à la bibliothèque, à la chapelle, au dépanneur et sur la porte de chaque ascenseur.

Je m'appelle Daphné et j'offre mes services pour vous faire la lecture, au cas où vous ne verriez pas assez. Je suis patiente, accommodante et je lis très bien à voix haute. Je suis disponible tous les jours, de 14 heures à 16 heures, pendant les mois de juillet et août.

Signé : Daphné, lectrice publique.

Note : Je peux lire à peu près n'importe quoi, même des livres osés, mais pas trop.

– Lectrice publique ? demande Sonia. Pourquoi publique ?

– Parce que je lis à la place des gens. Comme un écrivain public. Lui, il écrit des lettres pour ceux qui sont pas capables d'en écrire, moi, je lis pour ceux qui sont pas capables de lire.

– Mouais ! commente Napoléon, à moitié convaincu.

– Le terme me semble tout de même un brin superfétatoire, décrète Gaspard.

Superfétatoire, ça veut dire superflu.

Les chiens, le matin, la lecture, l'après-midi.

Non, décidément, les choses ne sont jamais aussi simples.

Je me souviendrai toujours de la première journée. À 10 heures, j'ai sorti les chiens. Au lieu de procéder par étapes, sortir Irma d'abord, la chienne lente, et dans un deuxième temps, Cyclone et Typhon, j'ai sorti les trois chiens ensemble.

C'était une erreur.

La porte de la maison à peine refermée, j'ai perdu le contrôle de la situation. Les chiens se sont mis à courir, Cyclone entraînant Irma et Typhon à sa suite. À l'autre extrémité de la laisse, il y avait moi qui planais. Je ne me serais jamais crue aussi légère. L'équilibre tient parfois à bien peu de choses. J'ai eu une douce pensée pour la Sigouin qui passait une bonne partie de ses journées entre ciel et terre. Dans mes oreilles résonnent encore le bruit des klaxons, les crissements des pneus qui freinent, les invectives des automobilistes et ma propre voix vociférant, criant, hurlant... Encore aujourd'hui, j'ignore comment j'ai réussi à me rendre au parc avec tous mes morceaux. Ou presque. Entre la rue Saint-Fulgence et la rue Saint-Ouen, j'ai perdu une chaussure, à l'angle des rues Roosevelt et Girard, la plupart de mes illusions sur les chiens et sur l'été sans histoire que j'espérais.

À part Irma, qui est restée prostrée de longues minutes au point de me faire craindre pour son cœur, les chiens étaient en assez bon état.

À 14 heures, je me suis rendue au foyer en boitant, avec un poignet luxé et un filet de voix. Ma première cliente s'appelait Béatrice Morneau. Elle était gentille et, heureusement pour moi, à moitié sourde. J'ai passé deux heures à lire en bougeant les lèvres sans que le plus petit son n'en sorte. Elle, elle a passé les mêmes deux heures inclinée vers moi, du côté de sa meilleure oreille, pour essayer de capter des sons qui n'existaient pas, confuse et persuadée que le problème venait d'elle et non de moi.

Au bout d'une semaine, j'avais à peu près compris le truc. Je sortais les chiens matin et soir, l'un après l'autre. L'opération était plus sécuritaire, mais deux fois plus longue : six heures au lieu des trois demandées.

Ce qui avait pour résultat que, sitôt assise près d'un de mes vieux clients, je m'endormais aussitôt. Un sommeil brutal, profond, peuplé de chiens géants que je chevauchais comme des lions dans un cirque. Je me réveillais en sursaut, quand le livre tombait par terre ou quand une préposée entrait dans la chambre. La plupart du temps, le vieux monsieur ou la vieille dame dormait aussi profondément que moi, ce qui m'épargnait le ridicule.

– C'est pas un été, ça, a dit Sonia.

J'étais justement en train de penser la même chose.

– Si tu continues à ce rythme, a énoncé Gaspard, tu vas perdre tes forces et tu n'auras plus assez d'énergie pour affronter l'année scolaire qui approche à grands pas et relever les défis qui vont se présenter à toi.

– Tu vas péter ta coche, a résumé Napoléon.

– Tu pourrais faire les deux *en même temps*, a suggéré Hector.

– En même temps ?

– Tu pourrais distraire les gens âgés avec les chiens ou calmer les chiens avec les gens âgés.

– C'est risqué, ai-je dit. Tu imagines si Irma s'en prend à un vieux monsieur ?

– Trop vieille. À moitié aveugle. Elle le verra même pas.

– Ou si Typhon se met à sauter sur les gens, à mâchouiller les cannes, s'il s'enfarge dans les déambulateurs ?

– Plus grave, a concédé Hector.

Moment d'intense réflexion.

– Je pourrais te prêter Solange.

Solange, c'est la chienne d'Hector.

– Je vois vraiment pas en quoi Solange peut régler quoi que ce soit, Hector.

– Ça la ferait sortir, voir du pays... Elle manque de compagnie canine, elle s'ennuie un peu.

Et devant mon air scandalisé :

– Sortir trois ou quatre chiens, où est la différence ?

J'en voyais une, moi !

– D'ailleurs, au cas où tu ne l'aurais pas remarqué, Solange est une chienne équilibrée. Rien à voir avec tes monstres. Si tu veux mon avis, elle va les calmer d'un coup. Y a rien comme un chien équilibré pour apaiser une meute aux abois.

Je me souviendrai toujours de la première journée où j'ai emmené les chiens au foyer. Les quatre chiens. À 10 heures, je me suis présentée chez Sigouin-la-volante avec Solange. Hector avait tenu à m'accompagner, c'est-à-dire que je l'avais obligé à m'accompagner, au cas où l'arrivée de Solange provoquerait une émeute. Les chiens nous attendaient, on les entendait renifler.

J'ai ouvert la porte en fermant les yeux. Dur.

Sur le moment, il ne s'est rien passé. Je n'ai entendu aucun grognement, aucun aboiement, aucun gémissement. Personne n'a été mis en pièces.

J'ai ouvert les yeux.

Irma se tenait à mes pieds, indifférente. Cyclone et Typhon fixaient Solange d'un œil allumé en émettant de brefs couinements. Je ne crois pas beaucoup aux coups de foudre, mais si le coup de foudre canin existe, il s'est bel et bien produit ce jour-là. Entre Solange et les deux retrievers, un courant d'affection s'est mis à circuler.

– Tu vois ? a lancé Hector, l'air satisfait. Je te l'avais bien dit. La nature fait admirablement les choses : il suffit d'un chien psychologiquement stable pour calmer les pires furies et aplanir tous les problèmes.

Pas *tous* les problèmes, non.

Deux coins de rue plus loin, les laisses ont commencé à se tendre. La nature fait peut-être admirablement les choses, mais la nature canine étant ce qu'elle est, Typhon et Cyclone ont commencé à donner des signes de nervosité, pour ne pas dire de jalousie. Chacun essayait de se rapprocher de Solange et, quand je dis se rapprocher, je suis polie. Mais Solange restait imperturbable. Consciente des attentions dirigées vers elle et indifférente aux manœuvres des deux chiens pour obtenir la première place, elle gambadait joyeusement devant, décourageant à tour de rôle, d'une simple torsion de l'échine, ses admirateurs trop entreprenants.

Hector était parti, Hector qui parlait d'équilibre et de chien psychologiquement stable.

Nous ne sommes pas vraiment entrés dans le jardin, il serait plus juste de dire que nous avons surgi, tel un raz-de-marée balayant tout sur son passage, végétaux et gravier compris.

Imaginez une pelouse verdoyante et soignée, imaginez des plates-bandes luxuriantes remplies de massifs multicolores soigneusement identifiés par une petite fiche indiquant le nom des fleurs en français et en latin, imaginez seize pattes tirant deux jambes, imaginez quatre chiens et moi qui n'en peux plus, qui suis fatiguée au-delà de toute description, et vous comprendrez pourquoi, ce matin-là, j'ai tout lâché.

Tout lâché, oui. Les laisses, les chiens, toute l'entreprise. Terminé! Fini! J'étais arrivée au bout du rouleau, au bout de mes forces.

Je me suis allongée sur la pelouse et j'ai fixé les arbres au-dessus de moi. Le soleil filtrait à peine à travers l'épais feuillage, la brise agitait les branches, tachant le sol de plaques de lumière.

La meute est partie dans toutes les directions. Près de l'entrée, un petit monsieur à l'air malade et pas très solide sur ses jambes a chancelé sur son socle quand Solange l'a contourné pour fuir Typhon. Irma, la quasi-impotente Irma, a grimpé sur la balançoire où étaient installées trois vieilles personnes et a fait main basse sur le plateau de biscuits. Cyclone s'est précipité vers le préposé chauve qui sortait et s'est engouffré par la porte ouverte en bousculant, au passage, la responsable de la bibliothèque.

Je voyais tout ça, je le devinais plutôt, et je souriais. J'avais essayé, j'avais perdu, je n'irais pas plus loin. J'abandonnais, je renonçais. Terminés les courses à n'en plus finir le matin, les tiraillements, les rues traversées à la hâte, les klaxons, les cris, terminés les après-midi à somnoler dans des chambres qui sentaient le désinfectant, à faire semblant de lire devant des personnes qui faisaient semblant d'entendre.

Quand on atteint le fond, on ne peut que remonter. Après une demi-heure de bienheureuse léthargie, je me suis redressée pour évaluer les dégâts.

C'était pire que tout ce qu'on peut imaginer, une catastrophe, une vraie!

Le jardin avait l'air d'un champ de bataille. Des blocs de gazon jaillissaient un peu partout de la pelouse massacrée, comme si une armée de golfeurs débutants s'étaient exercés dessus. Deux des quatre plates-bandes étaient piétinées, des plateaux jonchaient le sol avec leur contenu, assiettes, verres, tasses étalés pêle-mêle, des déambulateurs étaient renversés, un peu partout des cannes et encore des cannes.

J'ai continué à regarder, vaillamment, courageusement. Dans quelques instants, j'irais trouver le préposé et j'offrirais de réparer.

Mais il y a eu autre chose, quelque chose qui n'appartenait pas au désastre : le silence. Il n'y avait plus de bruit, plus rien, plus de branle-bas de combat, tout était calme. Paisible. Dans la balançoire, les trois personnes avaient fait une place à Irma qui trônait au milieu en grugeant son biscuit. Typhon et Solange étaient assis côte à côte au milieu d'un petit groupe d'admirateurs qui leur parlaient à voix basse et les flattaient à tour de rôle. Cyclone était ressorti, le préposé chauve était penché sur lui et retirait un à un les débris de fiches accrochés à son poil.

Les fiches manuscrites aux bouts cornés.

Il y avait le désastre et il y avait cette paix, ce silence qui imprégnait l'atmosphère de cet avant-midi ensoleillé.

Puis, le silence a fait place au bruit, mais un bruit agréable, un son étouffé, discret, comme une mélodie: celle des rires. De petits rires comprimés qui, par manque d'habitude, hésitent à éclater au grand jour. Je regardais les vieux, leurs vieilles mains posées sur leur vieille bouche et, juste au-dessus, des yeux grands ouverts, émerveillés, des yeux d'enfants qui redécouvrent un trésor qu'ils croyaient disparu à jamais.

Irma avait lâché le biscuit et léchait tous les doigts qui se présentaient à elle, Solange et Typhon somnolaient, le préposé caressait Cyclone, la responsable de la bibliothèque souriait en offrant ses deux bras au soleil.

Je suis allée vers eux.

www.triorigolo.ca

Pour t'amuser à des jeux
originaux spécialement conçus
à partir du monde du Trio rigolo

Pour partager des idées et
des informations dans la section
Les graffitis

Pour lire des textes drôles
et inédits sur l'univers de chacun
des personnages

Pour connaître davantage
les créateurs

Et pour découvrir plein
d'activités rigolotes

Le Trio rigolo

AUTEURS ET PERSONNAGES :

JOHANNE MERCIER – LAURENCE
REYNALD CANTIN – YO
HÉLÈNE VACHON – DAPHNÉ

ILLUSTRATRICE : MAY ROUSSEAU

www.triorigolo.ca

RECYCLÉ
Papier fait à partir
de matériaux recyclés

FSC® C103567

Marquis imprimeur inc.

Québec, Canada
2011

Imprimé sur du papier Silva Enviro 100% postconsommation
traité sans chlore, accrédité ÉcoLogo et fait à partir de biogaz.